葡萄とすぐり

嶋津章子
SHIMAZU Ayako

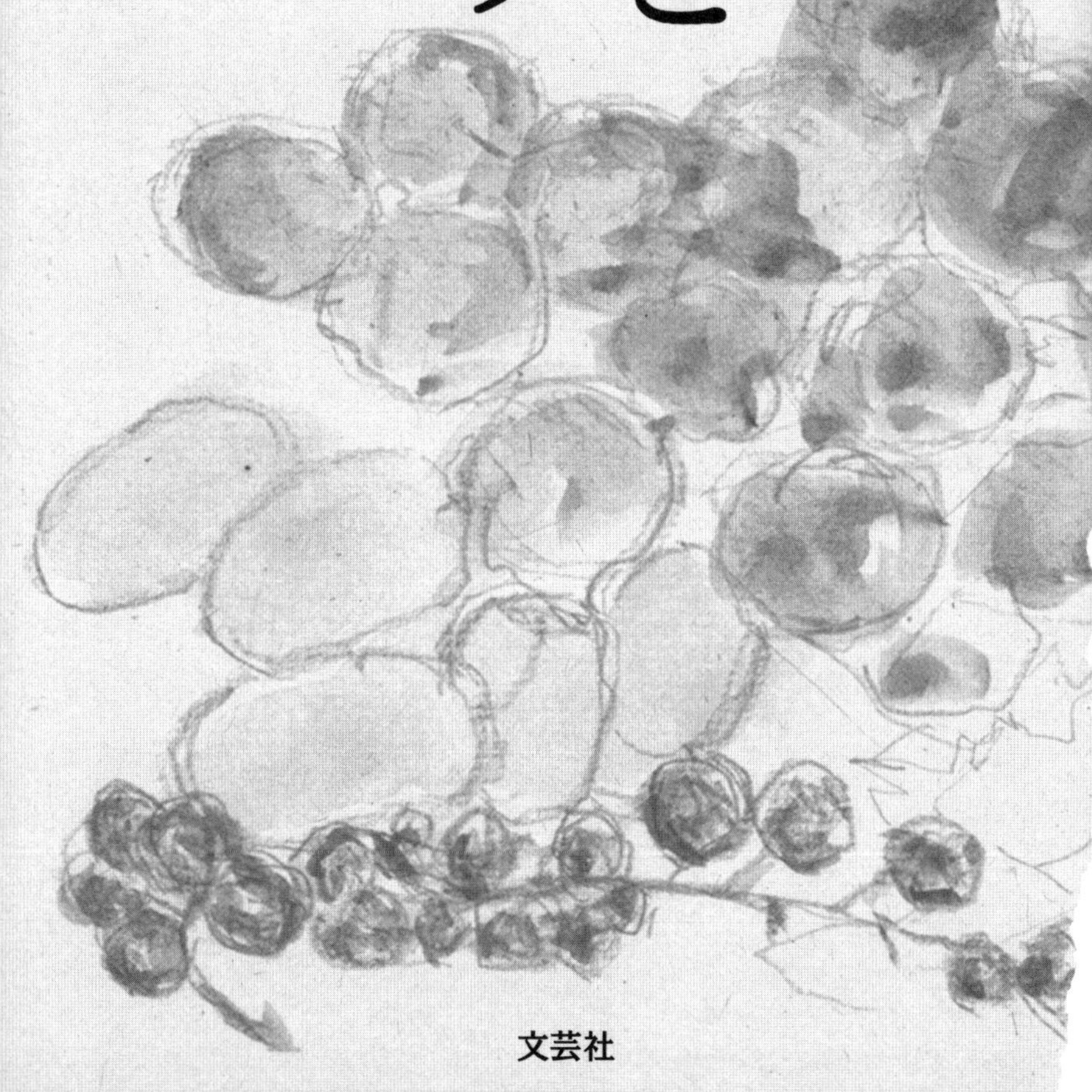

文芸社

事実は小説よりも奇なりと言うけれど――

葡萄とすぐり

一九九九年、二〇〇〇年とドイツのハイデルベルクの国際独語会話教室に行った時のこと。

家族というテーマで私の番になり「私の家族はアメリカ元大統領のケネディ家と同じ九人兄弟で男男女女女男女男の順も同じです」と言ったところ騒然と声が上がりました。現在は少子化なのに九人も？　と驚き、迎えに来た姉（同じ初級でも組違い）にイタリア人のリディアが本当に一人の母親からなの？　と聞いたそうです。私は八番目の女で下に弟がいます。

ケネディ家流に言えばジョセフJr.＝義公（ヨシキミ）、ジョン＝業（ツトム）、ローズメリー＝裕子（ヒロコ）、キャスリーン＝和子（カズコ）、ユーニス＝殖子（シゲコ）、パトリシア＝好子（スキコ）、ロバート＝強（マサル）、ジーン＝章子（アヤコ）、エドワード＝巧（タクミ）。

父も母もこの九人の子をわけへだてなく育ててくれたと感謝しています。

九人と言ったけれど長兄は第二次世界大戦中の一九四四年に東シナ海で航空母艦「神鷹（しんよう）」と共に戦死しました。その上、公務員だった父はまもなく戦後のＧＨＱの農地改革（不在地主）で退職し、当時岩手県下閉伊（しもへい）郡川井村（現宮古市）にひっこんだので盛岡には八人の子だけ残り、長兄より秀でた次兄は海軍経理学校に入ったものの肺結核になり野比（のび）の海軍病院を経て岩手の山目（やまのめ）療養所での手術後盛岡に帰ってきましたが、父の一存で感染予防のため一旦、川井村にいましたが、帰宅後は兄弟八人が同居していました。まもなく、また父の一存で次兄は近くの岩手医大前身の医専に入り活躍します。この人の一番元気で幸福だった頃と思われ、家は学友の溜まり場のようでした。

父　ジョセフ　義孝

川井村の小国でのこと、珍しく蜆（しじみ）を食べた後、貝殻を捨てようとしていると、「章子、貝殻は同じ所に捨てるように」といい、どうしてと聞くと未来の貝塚になるんじゃないかと父。

一時村長にもなりましたがどうも人望がなかったようで身内にも逆らわれる人でした。鼻薬を利かせる事のない人で当時のランプ生活の川井村に電気を通し明るくした人なのにタイマグラ（アイヌ語で森の奥へと続く道を意味する地名）や大仁田（おおにた）には資金がなくなって通せなかった事を悔やんでいました。ある夏のお盆の頃、部下のHさんが訪ねてきて父に苦しい生活を話して涙をこぼしましたのに、父は「誰もが苦しいのだ」と言って席を立ち、Hさんは「奥さんはどうお思いですか」と母に同意を求めました。当の母は遠野（とおの）の銀行の仕事をしていた祖父沁太郎が部下の遣い込みに遭い全財産で支払ったために貧乏生活をした人でしたから返事の出来るはずもなく、下を見てじっと黙りこくっていました。私は子供心に〝何故言ってあげないの、苦しいでしょうが我慢して下さいね〟と。

父は私と弟に柔道の受け身を教えてくれました。兄達の白い稽古着を着て夕方の旧国道を〝三四郎張り〟に歩いたのを思い出します。お陰様で雪道で転んでも頭を打ったりしないのは忘れたようでも身体が覚えていてくれたのだと感謝しています。雪道での転倒は怖いです。

田舎に引き籠もった両親と会えるのは夏冬の休暇だけでしたが、その短い時間はとても濃厚なエネルギーの素だったと思います。

村のTさんの奥さんの話では山の枯れ枝を拾わせてほしいと父に言ったら「お前は正直な子だなあ、誰も断って拾う者はいないよ、なんぼでも持っていっていいぞ」といったそうな。

山上憶良の、

瓜食めば子ども思ほゆ
栗食めばまして偲はゆ
いづくより来たりしものそ　まなかひに
もとなかかりて　安寝しなさぬ

や、幕末の歌人、橘曙覧（たちばなのあけみ）の詠んだ、

楽しみは　空き米櫃（こめびつ）に米いで来
今一月は良しといふ時

楽しみは　稀に魚煮て子等皆が

旨し旨しと言ひて喰ふ時

の歌を彷彿とさせるような父の義孝は、県庁時代に昼食を持たずに働いた人でした。

弟には養子の話がありましたが父は年齢のいかない子が親の一存で人生を決められるのは駄目だと断ったと聞きました。弟には相当変化のある人生が待っていたと思われます。

母　ローズ　美喜

遠野の生まれ、仙台の白百合学院を出て、上郷で医師をしていた母方の伯父（岩手医大創立者の三田俊次郎氏の奨学資金を得て、仙台の医専を卒業）の手伝いをしていて考えた末に東京女子医専に入った人です。苦学生でした。残念ながら中

退となりますが、日曜に四谷のプレストンさんの教会に出入りし水洗トイレに驚愕したり、讃美歌四五六番、

わが魂を愛するイエスよ
浪は逆巻き風吹き荒れて
沈むばかりのこの身を守り
天の港へ導き給え

を聞き感動で金縛りに遭ったといいます。母は五一〇番の、

幻の影を追いて　浮世にさまよひ
うつろう花に　憧がるる汝が身の儚なさ
春は軒の雨　秋は庭の露
母は涙かわく間なく　祈ると知らずや

が好きでした。これは自分の母祖母への思いでしょう。歌の好きな人で晩年の頃は時折うつろな目をしたりしていましたが私が音をはずして唄ってみせると「章ちゃん、そこはこうだよ」と唄いだし、元気を取り戻すように見えました。若い時に浅草オペラも聴いたと田谷力三（たやりきぞう）の話もしてくれました。

この母の唯一の悩みは私の幼稚園時代の怪我でしょうか。風邪か何か一週間近く休んだ時に父はこの子を幼稚園にやるなと母に命じました。ところが当の私が〝幼稚園に行きたい、山本先生の神様のお話を聞きたい〟……と言ったのです。母は子供が神様の話を聞いてどんな悪い事があろうと着物姿の私に新品の下駄を履かせてくれました。ちょうど秋も深まりかかった頃だったので、園長先生が「冬の仕度に杉の葉拾い（ストーブの焚きつけ）をしましょう」と言ったのでした。私は体力がなくなっていましたが自分も拾わなくてはと思い（先生も気付かなかったでしょう）、入口に行き新品の鼻緒のきつい下駄を履こうとしていましたが誰かが後ろから背中を押すのです。

下ノ橋（しものはし）の幼稚園は教会だったので玄関は御影石の階段になっていました。「待って待って」と言うのに、後ろの子に押されて私は石段をころげ落ち、左の頭部が堅い石段に力いっぱい当たってしまいました。かなりの怪我で化膿し、中央通りにあった日赤で手術をしその時の麻酔時にかなり暴れた記憶があります。

母は父の厳命にそむいて子供を怪我させ、事もあろうに顔に傷跡をつけたことを悔やんでいたと思います。後に章子には好きな事をさせたい――と隣家のSさんに話していたと後年聞きました。私は卒園式に出ることもなく小学生になったのでした。私がシーツをかぶり、マリア様になり切ってクリスマスの真似をしていると母は何故か嬉しそうに見えました。母方の伯父伯母にはクリスチャンが多いのです。遠野のブゼル先生と親しかった祖父の沁太郎さん達の影響もあったと思われます。

〝遜（へりくだ）る者は高くせられん〟（ルカによる福音書第14章11節）の人でした。九つ違いのたま伯母とは姉妹の如く絆深く在米の彼女からハーシーやヒルズのコーヒー、シンガーミシン等が送られてきました。貧しかった子だくさんの家にそんな物があったので私達は貧しいと思いませんでした。五つ違いの姉は東京よりアメリカが近いと思っていたそうです。

恋はやさしい　野辺の花よ
夏の日のもとに　朽ちぬ花よ
熱い思いを胸にこめて
疑いの霜を　冬にもおかせぬ
わが心のただひとりよ

と浅草オペラの唄を聞かせてくれました。父も母もお正月には私達のために百人一首の読み手をしてくれました。

ジョセフJr. 義公（第1子 長兄）

私にはこの長兄との思い出はあまりありません。小国の祖父の初太郎さんは常々「義公にはドイツ人の嫁がいい」と言っていたそうです。

盛中（盛岡中学校）で盛岡出身海軍軍人、米内光政さんの講演を聴いて海軍兵学校に憧れ（貧しい若者の公費の学校）に入りました。合格通知を知らずに〝菊池が受かったのに嶋津が取れないのはおかしい〟と先生の言で項垂れて帰ってくると母は大事に驚かそうとしていたそうで当時の官舎には電話はありません。兄は大粒の涙をこぼしてその足で盛中に走っていったそうです（四女の好子の言葉）。

夏には私服で帰省した兄に目もくれず、制服姿の菊池義夫さんに馳け寄って嬉しそうに私がその手を握りました。

「章子、その人は兄さんじゃないよ」

その兄が戦死した神鷹という艦は元はドイツの貨客船のシャルンホルスト号だ

ったそうで、兄は祖父の言葉に近い運命というか縁があったと思われました。

二〇〇五年に小国の家を新築した後、戸棚を開けた時強い強いザラメ（粒状の砂糖）の匂いがしました。これは私だけの感覚でしたが遠洋航海でマニラに行った兄からザラメの木箱が届いたことがあり、あの時と同じ匂いでした。大量のザラメは官舎の人々にもお裾分けしたそうですが、ともかく不思議な出来事でした。

兄の好きだった水木蘭子の唄った白百合の歌を二〇〇二年飛鳥Ⅱでの上海大連ツアーの際に小田船長の計らいで神鷹の沈んだ東シナ海に限りなく近づけて頂き、白百合の歌と共に姉妹で慰霊してきました。当時の一、一六五人の方々の冥福を祈って、映画「地上(ここ)より永遠(とわ)に」のデボラ・カーのように私は花束を千尋の海に投げました。

「兄さん、岩手の水とお菓子ですよ」

そうそうジョセフJr.（長兄）もジョン（次兄）業も遠野で生まれブゼル先生の

幼稚園に通っていました。二人は年子だったので双子のように育てられましたがジョセフは無口、ジョンはお喋りのように見えます。兄は妹のローズメリー（長姉）が祖母に抱かれてきてもちらと見るだけなのに、ジョンは「裕子、こっちゃ来お」と言ったそうな。

ジョン　業（次兄）

視力が弱くて海軍兵学校には不向きでも海軍経理学校には合格したのですが、ツベルクリン反応の陽性転換にあって厳しい訓練に発病してしまいました。それで戦争にも行かずに生命は維持したわけですが身体は肺結核に痛めつけられ海軍病院や山目療養所の世話になり手術を受けました。この時つきそった母は年齢的に閉経期に重なり大変だったそうです。

無事山目療養所から盛岡の後の医大の三戸町分院にあった結核病棟病院に何年か入院した後、火事に遭い家に帰ってきましたが父は他の弟妹に伝染させまいと空気の良い所に隔離して川井村に連れ出したのです。当時の貧しい日本の中でも一、二というほどの質素な暮らしは兄に合わず常に両親を恨んでいたようでした。山目療養所で戦後GI達と得意の英語で話をして「アーユアダクター?」と聞かれ、ダクタクターと聞こえて返事が出来なかったそうです。病床ではイタリア語フランス語ロシア語と手当たり次第興味を持っていたようで、フランス映画「花咲ける騎士道」を観ては「ジェラール・フィリップ、モナミ!」と言っていました。私から見ると「天井桟敷の人々」の(バチスト役のジャン=ルイ・)バローに似てましたが。父の発案で岩手医大の前身の医専に入り、芝居をしたり張りぼての恐竜を造って仲良しの忠さんと街を練り歩いたり……乗りたかった船にも船医になってタンカーに乗ったり、とにかく遊び人でした。

ローズメリー　裕子(第3子　長姉)

家で一番の美人で文化系の人でした。私は小さい時に姉から、『太平記』「俊基

朝臣再び関東下向の事」の段の、

〝落花の雪と踏み迷ふ交野の春の桜狩り、紅葉の錦着て帰る嵐の山の秋の暮れ　一夜を明かす程だにも、旅寝となれば物憂きに、恩愛の契り浅からぬ、我が故郷の妻子をば、行方も知らず思ひ置き、年久しくも住みなれし、九重の帝都をば、今を限りと顧みて、思はぬ旅に出給ふ心の内ぞ哀れなる〟

と、百人一首を教わりました。

『小学生読本』（玉川学園）で国木田独歩、有島武郎、芥川龍之介、橘曙覧の名。

緋縅（ひおどし）の鎧を着けて太刀佩（は）きて

見ばやとぞ思ふ　山桜花

と言うのや、有島武郎の『一房の葡萄』、芥川龍之介の『トロッコ』、作者が誰か分かりませんが『弁当』がありました。私の文学歴はここから始まったと思われます。

キャスリーン　和子（第4子　次姉）

私と十違いの姉、和子は気の強い人で命令するのが好き。自らは部下になった事なく指導者であり続け、しかし自分より上の者には頭が上がらなかったらしい。毎朝朝読（あさよみ）と称して〝第五水兵の母……〟とやっていました。後年、次兄が肺結核になり帰宅した際、父は子等への感染を恐れて田舎に隔離しました。その時の和子姉のセリフ「鬼のような父ちゃん」。

一番元気があって教会でも遠慮しない性格でしたから乏しいお金を工面して九州に行き国警隊長宅にお邪魔したり、その際知り合った京都の林さん宅にもお世話になり東京は母の弟の家にも……そして帰宅。開口一番〝お前達よくこんな貧乏な家に住んでいて平気なのか〟といって落涙したそうな（私は見ていませんが）。教員を早めにやめて短歌を詠むようになりました。この人が歌詠みになるとは思ってもみませんでした。

ユーニス　殖子（第5子　三姉）

これもまた戦中派にしてはノンビリ屋で学生時代は教会一辺倒で受洗したと聞きますがどうも怪しい。大学は仙台で四年間一人暮らし。後見人のような土井晩翠さん宅でサイン入りの本を下さるというのに要りませんと断った人。あれがあればヴィンテージかアンティークかになっているというのに。母の教員時代に父が誂えたブーツに拍車止めをつけ乗馬していたそうで川井村の身内の裸馬に乗って旧国道を行き評判者だったとか。

またある夏、東京の叔父から届いた文明堂のカステラに私と二人でナイフを入れようとしていますと、見知らぬ男の子がやってきて「カステラオカネ」と言うのです。このカステラ家に来たんじゃないの……と青くなりました。

〝これ？〟と聞いても「カステラ（貸してた）オカネ」と言うばかり。後に父に話すと借りていた借金を返してくれと言ったのだと分かりました。

（それにしても偶然というものは……）

パトリシア　好子（第6子　四姉）

五歳頃のこと、在米の伯父（遠野の人でした）が一時帰国して盛岡の岳洋舎という旅館からインバネスを着て下ノ橋の官舎の我が家に来ては好子さんを連れ出して出歩いていたそうな。お気に入りだったようでアメリカに連れて帰りたいと思っていたのでしょう。伯父さん達には男の子二人だけ（どちらも帝王切開で生まれました）で女の子が欲しかったのでしょうか。「どうだ、伯父さんと一緒にアメリカに行こう！」と汽車の窓越しに言われました。両親は知ってか知らずか何も言わないのです。この姉はキャスリーン（次姉）と同じく一年生から級長を命じられて他人の世話にあけくれ定年まで障害児教育に関わった人です。

愛読書はクローニン、モーム、サローヤンで、中でも引かれたのはハービィ・アレンのアントニイ・アドバースだと言うのです。

担任の先生から嶋津さんは誇大妄想の気があると言われ、母は驚き、よく聞いてみると学校で「私はアメリカに行く」と言っていた由。この人は泉幼稚園ではシュレーヤ夫妻の洋式のトイレやスチームに慣れていて伯父さんに好かれて海外生活に一番適していましたが、戦争が始まるとメキシコ経由で行っても帰国させられる運命でもあったようで、行かなくて正解だったと思われます。そのせいか読書熱も高等（もちろん戦後の事ですが）で私もこっそりサローヤンを読み夏休みの課題に『我が名はアラム』を書き、先生に誰の作品か訳者は誰かと聞かれて返事につまり、最初の「美しき白馬の夏」がよかったと答えた覚えがあります。

六月の初夏の朝四時といえば川井の夏休みの木葉背負いを思い出します。夏というのに早朝の空気は冷たく山奥に柾(まさ)屋根の木葉（と言っていました）を背負籠(しょいこ)

に着けて運ぶのが日課でした。あの朝早い透明な空気――まさにアラムと（従兄の）ムーラッドの世界でした。モームも隠れて読みましたが私には難解でした。一九九四年頃、姉妹三人（三女、四女、五女）でミネアポリスの母の従兄を訪ねサンディエゴのマウントホープの伯父伯母の墓参りをしてきました。その当時住んでいた家を見て、つつじが丘に来てからの建て替え前の家によく似ていたので本当にびっくりしました。

姉のドイツでの教室仲間のフランス人はイッシャアーベー、イタリア人はイッキハベラー、スペイン人はイシカルベと訛るのをセレナーデ号の旅で披露したところ、長崎のドクターに大変面白がられ一足早く下船する際に戻ってきて「アウフヴィーダーゼーエン、お陰様でドイツ語を思い出しましたヨ」と言って降りていかれました（この姉の話はたくさんありすぎて困ります）。

ロバート　強（第7子　三兄）

次兄（業）と母がシスターボーイになるのではと案じていた強。その通り四人の姉に守られて可愛いい男の子だったので幼稚園小学校は女の子にもてたらしく私には良い兄でなかったのです。もっとも当時は男女に分かれていて男溜（タマリ）、女溜と言って一緒に過ごす時がありませんでした。我が家の曽祖父の遠野銀行を飾っていた舶来の時計アンソニークロックの稔子（ねじ）入れを小学高学年になると指導されましたが下の者が次々成長してくると上の者は仕事がなくなり私も兄の強がしているのを見た事がありません。私にはあまり良い兄ではなかったが一度だけ、私が職場の仲間に理解されず変わり者といわれたと泣き事を書いた時〝章子は変わり者じゃない。少々エキセントリックなだけだよ〟と慰める手紙をくれました。嬉しかったですよ。

同志社のグリークラブで好きなだけ唄を。

主(シュ)ウチヲ愛(アイ)シハル　主ハ強(ツヨ)イサカイ
我(ワレ)ヨワイカテ　コワイコトアラヘン
我主(ワガ)イエス　我主イエス　我主イエス
ウチヲアイシハル

とコンサートで唄ってました。「サウンド・オブ・ミュージック」のトラップ一家の話も、この兄から聞きました。

ただ一つ許せなかったのは小学生の夏休みの川井村でお菓子屋さんごっこをしましたがシュークリームやエクレールやロシアケーキだのを画に描き、紙で作ったお金で私と弟に買いに来いというのですが見た事も食べた事もないお菓子に何が美味しいのかも分からない二人がもじもじしてますと怒りだした事がありました。

強くん、ごめん！　分からないんだもん……

〝金の自動車に飛乗ると、走るよ走るよ、何処までも〟とか〝銀の飛行機に飛乗ると、上るよ上るよ、何処までも〟だのと唄っていました。高校生の彼と川井村に行く時珍しく私を心配して手を差しのべたのに、私は疑わしそうに見ていた事を思い出します。

強クン、再々ごめん!!　絵の上手な人でゲイリー・クーパーの似顔がそっくりで驚いた事を覚えています。

ジーン　章子（第8子　五女）

四女の姉はハービィ・アレンの白い修道院の前に赤児が捨てられ樹陰が壁を色どっていた――という場面にひかれたと言いますが、私はアナトール・フランスの『少年少女』が好きでした。殊に〝ロジェの廐（うまや）〟と〝カトリーヌのお客日〟が好き。これはアンデルセンの〝小さいイーダの花たち〟にも共通するような気がします。子供の頃に父の読んでくれた国木田独歩の『春の鳥』の六蔵の事を内容が違っても琴線を打つ事は同じで戦後教科書で習った『緑のデンマーク』『くちびるに歌をもて』のマッケンナの話にも通じると思っています。あの頃は何もかも新鮮で宮沢賢治もアンデルセンもごっちゃになっています。サローヤン、サリンジャー、タゴール、ヘッセ（この人のメルヒェンも好きでした）。タゴールはラジオで山室静氏の訳を聞き感動し本を探して買い最近よくよく本棚を見ると三冊も並んでいました。そしてオマール・ハイヤームの四行詩集『ルバイヤート』。現役時代の休暇旅行でエジプトのホテルの中庭での昼食にテーブルの上にオマール・ハイヤーム銘のワイン。黛ジュンの〝天使の誘惑〟の音楽が流れてひどく感動し、あの時のカンナの花の赤い色を思い出します。

中学か高校か忘れましたが宣教師のスタンレー・ジョーンズさんが盛岡の公会堂で講演された時の通訳の青年、美しい声で、四三三番の、

いさおなきわれを　血をもてあがない
イエスまねきたもふ　われみもとにゆく

を唄ったのも忘れられません。戦後の暖房の無いステージはとても寒かったと思います。〝失礼して〟とコートのままの話でしたが内容よりもあの美しい讃美歌だけを覚えています。私には天使の声に思えました。客席は満たされていて暖房なしでも暖かかったのです。博士は反戦主義者だったと知りました。在米の伯母から送られてくる月刊誌「リーダーズ・ダイジェスト」の中に名前を見つけ、こんな立派な人の話を直に聞いたのかと驚きました。

戦後は野外で見たロシアのイリヤ・レーピンの絵やイヴァン・ミチューリンの事など、映画「石の花」すべてが美しい。岩手国体で聞いた「若い力」の感激も大きく、

海原の緑の中に　永久の平和求めて
新しき国生れたり――

という「新日本の歌」も大好き。

私の暴挙といえば幼稚園でのクリスマスのこと。お遊戯の唄の〝神の御子(オンコ)〟が理解出来ず仲間にも分からない、じゃきっとウンコの間違いだと大勢の客人の前で大きな声で、

馬屋の中の藁の床　天使の唄に守られて
お生れなされた赤ちゃんは
神のウンコのイエス様

と唄い、先生は慌てるし母は恥ずかしさと可笑しさで困ったそうです。これは

怪我をする一年前と思います。後年で、飛鳥Ⅱの船上、ドナルド・キーン氏の講演で戦のない『源氏物語』にひかれたと伺い私も光源氏の女性関係があまりにも多彩と思ったのですが考えてみると〝石の花〟のダニーロに始まり当時の子役のロディ・マクドウォール、「仔鹿物語」のクロード・ジャーマン・ジュニア、「情婦マノン」のミシェル・オークレール、「愛人ジュリエット」のジェラール・フィリップ、「ヘンリー五世」のローレンス・オリヴィエ。最近では「デルス・ウザーラ」のマキシム・ムンズク、ユーリー・サローミン、「道」のアンソニー・クイン等々。どうです？　私もかなりの光源氏女性版と言えますね。

エドワード　巧（第9子　四男）

末子の巧は一番かわいい子だったと思います。珍しく形のいい頭と整った顔立ちで弟を抱く母の幸せいっぱいな写真を見ると、九人もご苦労様といいたくなります。しかし母を求めて泣く弟は脱腸の症状がありました。

母は長男の嫁として農繁期四月から十月まで川井村に行っていました。私達は弟をかわいがり彼も大人しい子で冬に雪で木馬を作り乗せても怖がらないし寝てる間の散髪で虎刈りのまま着物袴に二振りの小太刀をつけて近くの不来方城（盛岡城の前身）趾の猿の檻に連れ出しても泣きもせず手のかからない子でしたが腸がはみ出すと苦しがりました。父母が小児科を求めて歩いた揚げ句の果ての日赤で〝どうしてこんなになるまで放って置いたのか〟と叱責されたそうです。

ドクターがすぐに麻酔をかがせ、ぐったりしている間に元通りにしたのに驚いたそうです。それ以来弟は元気になり私とはいつも一緒、麻疹も一緒で双児のようでした。

彼は唄が好き〝悲しみは空の彼方に〟のマヘリア・ジャクソンが歌ったゴスペルにとても感激してそれまでマリアン・アンダーソンしか知らなかったソールフルな唄を知りました。男声コーラスの〝ユール・ネヴァー・ノー〟も。

東京の大学時代はＹＭＣＡの英会話教室で講師の〝オンリー・イエスタデイ〟の詞を教えてくれました。小学生になったばかりの頃、一男の業兄の敬愛するルバイヤート（4行詞）を食事の時に話すのを彼は玄関でじっと聞いていましたが突然「トムさん（業兄のこと）もっか？　オレも学問のことはすっかり諦めているよ」と言ったのです。

学問のことは　すっかり諦め
ひたすらに愛する者の　捲毛にすがれ
日の巡りが　お前の血汐を流さぬ間に
お前は盃に　葡萄の血汐を流せ

（小川亮作・訳『ルバイヤート』126番）

兄の好きな一編でした。

この話を二〇一一年の河船の旅で自称遠山の金さんに話したところ、この人は「凄い、彼は天才だね」と感嘆していました。その時には二〇〇〇年にゴルフ場で倒れ亡くなった弟の弔辞のように聞こえました。

これから一緒に船旅をしようと思っていたのに。


盛岡に一家で来た時ちょうど朝食用のパンを切らしていました。「なーにパンがないんだって？　いいよいいよパンがなくたって」……しばらくして〝パンがない？　パンがないんだって……〟〝いいさなくたって〟……つつじが丘団地は岩山の中腹にあり近くにスーパーもないのです。車で行っても開いていないし本当に困りました。

弟の困惑の態はかわいそうやら可笑しいやらで未だに話の種です。プレスリーと裕次郎が好きで高校生の時、突然短大（当時私は短大生でした）に来て「章ちゃんすぐ学校に来てくれ」と言うので自転車の後ろに乗っていき物々しい正装の保護者の間に入り何が何やら分からないまま校長室に入りました。下級生を強迫したと言うのです。両親の一人が年端もいかぬ（当時は二人だけの生活でした）私で親代わりを引き受け高校生らしからぬ細身のズボン姿を叱られました。が、そのズボンを細くしたのは私なのです。裕ちゃんのようになりたい弟の希望を叶えてやったのです。私は責任者として川井村の両親に伝えると言いますと「章ちゃん、大した事じゃない」だって。確かに警察沙汰になる話ではありませんでした。運動会には余興に映画「戦場にかける橋」のアレック・ギネス演じるニコルソン大佐に扮し橋を爆破（?）させたりなかなかのやり手でしたよ。六十を前に大阪のゴルフ場で亡くなるなんて。本当に馬鹿たれ！　と言いたいです。

ペルシャの詩人　オマール・ハイヤーム

二〇一二　六

家の本棚からオマール・ハイヤームの『ルバイヤート』がなくなった。何度も探したのだが。

川徳デパートの東山堂書店に注文したところ在庫があった。思えばオマール・ハイヤームとは結構縁があるらしい。

私は十代の頃内丸（うちまる）に兄弟だけで住んでいた。両親は健在だったけれど事情があっていつも一緒に居ず、次兄当時二五歳を頭に七歳の弟までの八人が暮らしていた。

次兄は海軍経理学校の時に発病して長い事手術や療養に傷めつけられていたけれども当時の医大予科に入り、いつも布団の中で本を読んでいた。『ルバイヤート』を何処で手に入れたか時々好きな詩を読んでくれた。

学問のことは　すっかり諦め
ひたすらに愛する者の　捲毛にすがれ
日の巡りが　お前の血汐を流さぬ間に
お前は盃に　葡萄の血汐を流せ

この句が気に入って朗読した時、一番下の弟がそれを聞いて「トムさんもっか？オレも学問のことはすっかり諦めてるよ」と言ったので家中大笑いになった。

そのオマール・ハイヤームに私はカイロのレストランで遭遇したのだ。四十代で医大の検査室に勤めていた私は異動後のＲＩＡの場に馴じめなかった。同僚は良い人だったがその上に君臨する同年の男性が嫌いだった。前から居る女性には〝×子ちゃん〟と甘ったるく言うのに私にはフンと頭だけ。女性も「○○さん」とこれまた甘ったるい声を出していた。なんとか仕事はしたけれど毎日が地獄の苦しみ。

そこへ母校の記念事業で古代都市めぐりの報が届いた。ローマ、アテネ、カイロに行くと言う。私は良い鴨と飛びつき応じたのだが希望者は二名しか居ず計画はオジャンになった。ちょうどその頃ルック社でアテネ〝カイロの旅〟があったので母校の旅のように見せていったのだ。そのカイロで青空の下ジャスミンの花香り〝天使の誘惑〟が流れていてテーブルの上のワインはオマール・ハイヤーム。忘れることは出来ない。

当時はサダトの時代が終わりムバラク政権になったばかりでガイドの言によるとサダトは敬虔なモズレムでその額には床にすりつけた長年の跡があるそうだ。カイロは日によってラマダンがあるのでアテネに食事に行く事になった。しばらくしてニッコウツーリズムよりクルーズの誘いがあった。その前にはＪＴＢの飛鳥Ⅱの日本近海クルージングに参加を決めていた。三月なら冬の寒さも和らぐし畑仕事の遅れにもならない。それに六日間なら短すぎないし——という理由で。そこにナイル河クルーズの話が入ってきたのだ。アスワンとルクソール間をオマール・エル・ハイヤーム号でその他カイロまではアリッサム号で。オマール・ハイヤームだって？　これは是非乗りたい。いや乗らねばならぬ。それにしてもどうしてペルシャの詩人名がエジプトに？　しかも期間は二月半ばから月末までとある。場合によっては飛鳥Ⅱと連続出来ると思ったがどうも二月というのが気にかかる。東北の岩手では最も寒さが厳しくなる頃だ。留守番のいない家は前に経験があるが、ボイラー栓を入れてなかったために氷室になって凍みついていそうな気がする。凍らない保証はどこにもない。

ああオマール・ハイヤーム！　どうして二月なの？　四月じゃ駄目？

クルーズの事はすっかり諦め
ひたすらに愛する者の懐にすがれ
日の巡りが（月々の支払いが）
お前の財布をほさぬ間に

お前は宝くじの番号を正せ　か。
二月の冷気が
お前の胸を冷やさぬ間に
お前は石油ストーブにオイルを満たせ
でしょうか。

あ、全く休み場所があったらいいに
この長旅に終点があったらいいに
千万年をへたときに土の中から
草のように芽をふくのぞみがあったらいいに！

かくして飛鳥Ⅱの旅もオジャンになってしまったことを告白しよう。

父よ　あなたは強かった

二〇一二　八

今年で七度目の田舎の暮らしが始まった。洒落たダーチャ暮らしのつもりだったのに畑仕事、雑草取りには手を焼いている。

除草剤を撒けばいいのに――との声もあるが、なるたけ人力でやろうと思っているわけでもないのに手で抜いている。

下閉伊郡川井村の家は懇意な腕のいい大工さんに建ててもらったのでとても住み心地よく平屋なのに広くて気分がいい。で、つい盛岡にいる時よりも働いてしまう。それなのに畑の物は一向に答えてくれず、いや答えているのだが。雑草を取って頂戴――と言っている。まあそんな食料品にならないような物です。何故なら街と田舎の往復時間がままならない事が多くてシーズンを逃してしまうから。

今年は畑と私道の間の砂利道を少し変えてみようと昔の住居の屋根がコンクリート瓦だったのを蔵のそばの野バラの所に積んであった。コンクリート瓦は硬く重い。正確に測ってみないけれど一枚二、三キロあるような気がする。子供の頃離れて暮らしていた両親と夏休みは一緒になっていた。つまり遊びを兼ねて田舎に行っていたのだ。父は昔の二階建ての曲がり屋のような物置長屋の屋根の修理に長い梯子をかけその上でコンクリート瓦をかけ替えていた。当時は大人の仕事だと何とも思わずにいたが今その瓦を十枚ずつネコ車で蔵の方から道まで運ぶのはとても疲れる仕事だった。それを二十回近く運んだ。瓦の山は野バラに包まれ薄暗く私はまるでインディ・ジョーンズになって廃墟に入っていくような今にも蛇が出てくるような気がした。そして三晩も首筋と背中の痛みに貼り薬や塗り薬の厄介になって思った。この瓦は父に普通の瓦を買う資金がなくて安いコンクリート瓦を買わざるを得なかったし当時の屋根葺き職人も便利な機械もなく、すべて手作業でしていたと思われる。それにつけても今の私達はひ弱になったと思った。女性や子供の仕事でないと言っても昔の男達は何も言わずに仕事として一家の大黒柱としてこの重い瓦を運び葺いたり掛け替えたりしたのである。

道路の砂利の下に二枚ずつ敷いてみた。いい考えと思っていたが歩いてみるとガタガタで専門家のように糸を引いたり高低の作業をしないから見た目は良くても駄目とわかった。そこで一枚敷きとし市松模様に凸凹を縦横上下を一段ずつにする事にし、またまた重い瓦をネコ車で運ぶ破目に。元に戻すのはとても無理なのでこの次来る七月に本物にする事にした。いずれ仕事は残るのだけれど。

何度も言うけれどコンクリート瓦は重い。お金に窮乏していた父は安くて重いコンクリート瓦を買わざるを得なかった。その重い瓦を昔の男達は運んだり屋根に乗せたりしたのだ。思っただけでも尊敬に値する。今時の男性はするだろうかと疑念が生じた。

機動力のある現在でもなかなか大変なこの瓦、それを女の私達が運んだり並べたりしている……これはどういう事？　女も元々はたくましい者だったという事か？

『少年少女世界の歴史』を暇な時間に読んでいるがなかなか面白い。中で中世の封建主義の時代は女性も強かったと言う。封建時代と聞くと不自由で貧しいと想像してしまうがそうではなくて割に自由で明るかったと言う。平民農民は領主に守られて蔑まれていた女性も貴族ともなれば財産のために夫の死後も再婚させられた。話がいよいよ本題からずれてしまった。要は私達も中世の女性と同じく逞しいと言いたかったのだ。しかしながらベッドの中で首筋と背中が痛んでいます。

ＰＳ　瓦の重さは後に測ると三キロあった。

弟　巧のこと

二〇一二　一〇

三つ違いの男の子。私は八番目の子だったので下に弟が生まれてもあまり関心もなく小学生になった気がする。引っ込み思案の性格故に幼稚園になじめずに最初の一週間は入口で泣いていた私は、嘘のようにいつの間にかリーダーシップをとっていた。そのいい例がクリスマスのお遊戯である。歌の一番は覚えていないが二番の〝馬屋の中の藁の床　天使の唄に守られてお生まれなされた赤ちゃんは神の御子のイエス様〟が私の心を引いた。神のおんこ、神のおんこって何だろうと考えたが分らない。母に聞けばよかったのに仲間に聞くと誰も分からない。で私はきっとウンコの間違いではあるまいかと思いクリスマスのお客様の前で大きな声で〝カーミノウンコノイエスサマア〟と唄ったものだから先生が「章ちゃん！」と飛んできたことは前にも述べました。母は恥ずかしくて何も言えなかったし私も言われた記憶がまるでない。

弟は幼くて甘えん坊だったから幼稚園には行かなかった。そして末子の故に皆のアイドルというかオモチャのような存在で二振りの小太刀と着物袴をつけて近くの不来方公園のお猿の檻（おり）の前に連れていかされたりした。昼寝中のバリカンの散髪も目覚めて泣くと虎刈りのまま公園に行くのである。また、住んでいる官舎の冬は各家の前に雪のこんもりした山が出来ていて胸当てズボンの弟は懐手をして〝トゥインクルトゥインクルリットルスター〟を歌いながら行進するのである。庭に雪で作った馬に股がらせられても寒いのに大人しくじっとしている子だった。

　その彼が小学校に上がるようになると姉の私ははじめのうちは仲間の弟妹と一緒に遊んだ記憶がある。当時の家庭は子供が多くて我が家ほどでないにしても年の同じ弟妹を持っていたので当たり前の事だった。六年生の時の日曜日のお花見に私は弟を連れていったがあまり面倒を見た覚えがない。しかし弟は写真の中で楽しげに笑っている。（よかった！）

　彼が高校生になると私と二人だけの生活が始まった。一番年長の医学生だった次兄は式場病院に、次姉（長姉は事故で亡くなっていた）は結婚して小学校教員に、三姉も結婚し白百合学院の教員に、四姉は宮古の中学校の教員に、三兄は京都の学生で短大生の私と二人だけになってしまった。両親は下閉伊の田舎で暮らし年末しか（農閑期と言っていいのか農家でもないのに――）会えなかったがあまり淋しいとは思わなかった。する事がいっぱいあったからだ。その頃は内丸に住んでいて近所は庶民も庶民。そのうち弟も大学に行き私は一人になってしまったが近所の仲間は「お姉ちゃん中津川に雑魚取りに行きませんか」と誘ってくれるからだった。

私の絵の先生だった岩間正男氏の個展でのこと。銀座だったと思うが其処へ兄と弟が来てくれ特別に紹介しなかったので岩間さんは「あの人は誰だ」と言い弟ですと答えた。岩間さんはしばらくじっと見ていた。同質の者の価値を確かめるように見えた。

兄の友人の佐藤忠一氏は小さい弟の風邪の手当てをしてくれその際の弟の応対

をとても面白がっていて「嶋津つぁんの家で物になるのはコンボ（巧）だけだヨ」と言っていた。

そのせいか学生の時に大阪勤務の兄の夏休みの遊山に呼ばれて当時のありっけの大枚三千円で買ったヒビの入ったギターを背にゴム草履で出かけたそうだ。ところが見る人が見ると京都の有名人の一人と思われるHさんの夫人に〝もぎたての桃のような〟印象を与えてしまった。私達には分からなかったが素朴で素直で汚れないものがあったと思う。

私の知る弟は学友の小遣いを横領したり停学処分を受けそうなワルな面も持っていた。でも一皮剝けば両親と離れて兄姉とだけで暮らした長い生活の中でも汚れない清らかなものを失うことなく成長していたのだ。

大阪の木材会社の後継者となるべく退社した際もその時の社長は惜しがったそうだが弟の幸福のために諦めたと聞く。

君も覚えているだろ
別れ口笛別れ船
二人の幸福を祈って旅に出た
やさしい兄貴が呼ぶような
ああ　口笛が聞こえる港町

日記帳　二〇二二　一一　二〇

小国の物置の本棚に母の日記帳があった。一九～二〇冊近い中に薄くて黒表紙のものと白い簡単な製本のものがあった。白い方は三姉ので黒いのは弟のだった。つい広げてみると高校時代の弟のもの青春がそこにあった。悪ガキのような罪のない男の子と思っていたが私の知らない一人の男性（少年？）が居た。父に一九五三年に買ってもらったノートに丹念に書いている——。しかしまゆつばと思える所もある。それとも有った事を私はそばに居ながら気付かずにいたのかも知れない。

弟は母が四三歳の時の子で九番目に当たる。今では四三という年齢は高齢ではないけれど当時の保護者会に参加する母は祖母のように、他人には見えたと思う。弟にとってはいつも一緒に居ることの出来ない恋しい母であった。

高校の卒業式に来てほしいと彼は言っている。それに比べて私は始業式に母でなく来てくれた父も煙たかった。母には晴れ着がなく女子医専中退という学歴ながら地味な田舎のおばあさんのように見えてとても悲しかった。

親と離れて暮らす末子の弟はそれなりに友達とバーに出入りしたりパチンコ等大抵の事に通暁している。女友達の名前がたくさん出てくる。そして彼女らと文通して返事が来ないと嘆いている。父が私に買ってくれたアンネ・フランクの『光ほのかに――アンネの日記』を読んで感銘を受け新しく生まれ変わろうと思ったのか当時好きだったフランス女優のミレーユ・グラネリをキティーにして日記を書き出している。

あの子が?――とあきれるほどやさしい口調で、〝しなくっちゃネ〟という調子が多く、多分下に弟妹がいたら可愛がったろうと思う。

『光ほのかに』の序文のエレノア・ルーズヴェルトの言葉には彼の線引きが多くてついつい自分の感覚のように思えてならない。(実は同じなのか?)

二人の老婦人の家　二〇二一　七

この山荘のような家に二人が来るようになって七、八年になるだろうか。もともと子供の頃に親元に帰る習慣だった夏を二人は覚えているんだろうな。私は樅の樹で、その当時は植わっていなかったのでわからない。

気が付いた時は私はもう既に大木になっていた。この家は懇意な大工さんが心をこめて建てたものだ。見ていてよく分かる。二人はそれ以来、春夏秋とやってきては裏の畑を作ったりするようになった。そして私を見ては感嘆これ久しくしていた。何故なら私の幹は地上二メートルぐらいのところから二股になっていて二人のシンボルの樹と大工さんが言っていたからだ。大工さんのこの家のタイトルは〝二人の老婦人の家〟で建物全体から手を抜く事なく、納得のいくように造ったという職人の技量と綿密さと心意気を感じる。室内も造り手のこだわりを感じる空間が広がっている。

家の中心に配置した薪ストーブから建物全体に暖かさが広がる。豪雪地に建つ

〝姉妹二人の平屋〟とある。多分その通りだと思うよ。
話によると九人兄妹（きょうだい）だそうでその中の二人がこの家を退職金で数年後に建て直したんだそうだ。おじいさんは長男なのにあまり農業は詳しくない人だった。そのおじいさんも農業が出来なかった。ごめんよ、そのおじいさんと言うのは二人のお父さんのことだよ。脚が不自由だった曽祖父さんは学問をやらされたと言う。幸いその子供（二人の父）は賢かったから公務員となってT市の御令嬢のようなお母さんと結婚して俗に言う貧乏人の子だくさんの家族を作ったんだ。どちらもとても子供を大切にする人だったから九人の子供達は元気に育った。

　しかし、九人もいれば造反もあって自分の運命を親の責任と考えて確執をぬぐえなかった子も一人二人あったそうだよ。見てごらん、この家が出来てから一度も来ないのもいたからね。でもこの家はタイトル通り楽しい家だった。それは、二人はドイツのサンスーシ宮殿になぞらえてOhne Sorgen Hauseといっていた。

　去年は三月十一日に大地震が発生し沿岸には津波が押し寄せ三陸沖大地震のよ

うな状態で電気が止まり、ガソリンも手に入らず春の畑仕事の始まりは五月までもち越され、全ての計画はずれこんでいった。十二月から四月までの四か月の間、浄化槽のバクテリア達は餌のないまま過ごす。ようやっと今年は四月には来られたがなかなか畑仕事ははかどらなかった。いや、植えつけはしたのだから出来たのだが、家の前庭を蓬（よもぎ）、ひめじょおん、ぎしぎしが生い茂ってしまっていた。それでも、二週間で二人は畑の土を黒くし雑草を取ったのさ。だが街に帰って七月、また来てみるともう緑のジュウタンになっている始末。再び十日間で二人は頑張った。十四日には街に帰らなければならない。七月二九日は九番目の弟の十三回忌で大阪まで行かなければならないのだからね。それまでに疲れを取って暑さ対策をして……この頃の暑い日はその点では練習になってくれた。堺市の弟はゴルフ場で熱中症で亡くなったんだ。だから暑さに強い身体は何ものにも代え難い。充分水分を補給し休息をとりテラスに寛ぐ二人は充実感いっぱいに見える。そして口々に〝楽しいね。緑がきれいだね。あの山もうちの山だよね。あそこに赤い屋根のお菓子のような家を建てたいね〟
そしてうん、とうなづいて、

山の奥の谷間(たにあい)に
きれいなお菓子の家がある……
屋根の瓦はチョコレイト……

と唄いだすんだ。昔の唄らしいがよくよく好きなんだね。
そういえば玄関の棚の上にビレロイ&ボッホのチベットの少女とフランクリン・ポーセリンのグリムのヘンゼルとグレーテルの絵皿が飾ってあったっけ。最近は帰る時の準備も要領良くなって前々日あたりに洗濯を済ましてドライブのための休息を取ってるよ。運転は驚くなかれ、年上の姉がするんだよ。妹は免許をとらなかった。事情があって取らないんだ。そのかわり車の中では居眠りはしないってさ。畑を見たかい！　ヘルマン・ヘッセの『庭仕事の愉しみ』を読んできたらしいがなかなかの重労働ではあるよ。じゃが芋、大根、里芋、春菊、小松菜、ディル、タイム、パセリ、しそ、二十日大根、ハスカップ、ズッキーニ、すぐり、ワイルド・ストロベリー。

ここは寒冷地の心配もある。数年前もお風呂場の水道栓が凍って破裂した事があった。修理もし水道栓を水切りし不凍栓を入れたのに去年は暖冬だったから被害はなかったのに震災後の今年の春はまたまた破れて、莫大な水道料を払わなければならなかったんだよ。四年間分を一か月で消費してしまったんだ。

やはり冬場に人がいないのは何かと不便だね。二人が四月に来る時はお風呂には入れないと覚悟していたらしいのだが、何と幸運なことにその当日の午前中に修理が出来たんだ。そこで二人は快い疲れを取ることが出来て幸せだったんだ。さて、二人は七月の末から二人のお姉さん親子と四人で大阪に出かけたんだ。かなりハプニングがあったそうだよ。何しろ年長者は強引だからね。けれど四人は無事大阪着、翌日は堺市の光明池メモリアルホールに出かけた。お姉さんは両耳とも悪くて補聴器を使っているのだが、その故か話がトンチンカンになることが多かったって。大阪の宿は蟬時雨だった。その喧しい声が聞こえないっていうんだよ。だから無理もないね。でも熱中症の心配はいらなかった。節電といっても公共の場はちゃんとクーラーが入ってるし大阪でクーラーのない暮らしは考えられないんだって。弟の孫達は皆元気だったそうだよ。あんな暑い所に、この涼しい風を送ってやりたいと言ってるよ。

八月になって十日にやってきた二人は畑の雑草とくたびれ切ったさやえんどうとズッキーニ、きゅうりにあきれていたようだが気を取り直してじゃが芋を掘っていたよ。あまり出来は良くなかったな。メイクイーンより男爵の方が良いように見えたね。ズッキーニは早速ラタトゥイユにしてたね。胡瓜はもちろん生だよ。薄緑の果肉は翡翠のように美しい。思い切り食べられるのが嬉しいようだね。

墓参りを午前中に済ますと午後は二人とも横になりたがっていた。十二日の午後五時からの共有地親睦会に甥の代理で出て扇風機の強風にやられて体調が悪くなっていたからね。草むしりした後、立ち上がった瞬間、目の前が真っ白というか点々がちらつきしばらくクラクラしたというんだ。これまで無かった事だって年齢の故と二人は思ってるようだがそれだけではあるまい。若い若いと思っても考えてごらんよ、二人の両親はこの年齢の頃は既に現役（農作業などの事さ）を引退していた。だけど年下の婦人はいつも仕事をしながら反省しているよ。何故もっと若い時に母の手伝いをしなかったかと。どんな子供でも手伝える仕事があるし秘かに期待しても親として常に離れて暮らさねばならなくて気後（きおく）れから言い出せなかったろうと分かる事だよ。それにしてもその頃の気候気温が間もなく別れなければならない夏休みの終わりの頃を思い出させるらしい。空の色、山の緑、土の色、涼しい風……曇り日は特にそうらしい。

　年上の婦人も同じ思いだと思う。住めば住むほど住み心地の良さに昔の不自由な生活（そうだな、例えば外のトイレやお風呂だとか）をしなければならなかった両親に済まなく思っているようだね。

東北の夏は短いよ。お盆を迎える頃は本当に空には羊雲だったり、光もどこか白く透き通って秋の気配がしてくる。今年は空蟬も少なかった。子供の頃、羽化前の蟬の幼虫をノコノコと言っていたね。とてもかわいらしい感じがする。大阪では蟬時雨だったのに、この辺ではなかなか聴かれないのもそのせいかも知れないね。

六十年も経つと本当に変わったと思うよ。

今頃二人は何をしてると思う?　十月も半ばまた、こちらに来たいと思いながらミシンを踏んだり、編み物をしてるだろうね。結構何やかや作ってる人達だからね。私もその出来映えを見たいしね。

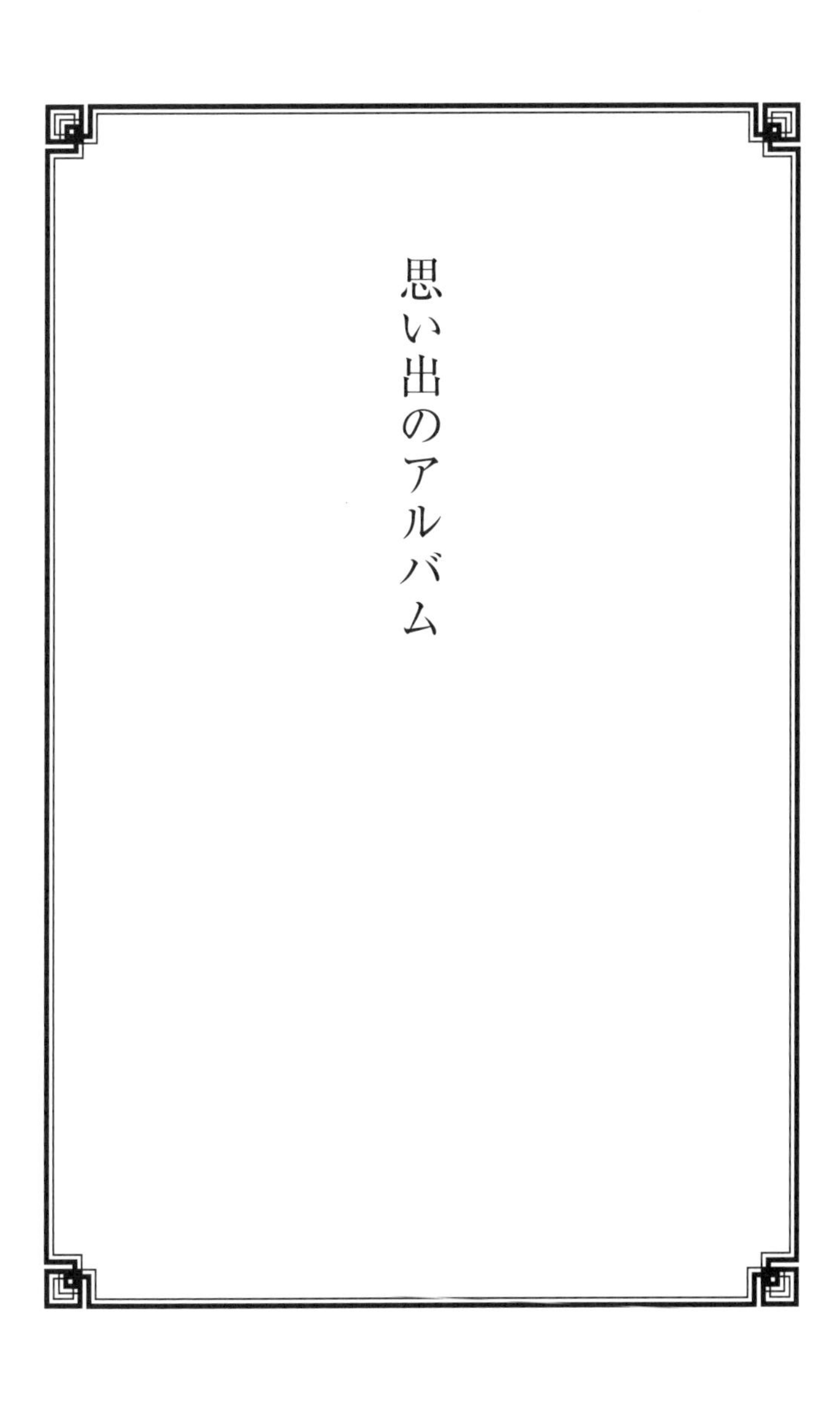

思い出のアルバム

好さんと青年

マルガリータとマーリ

セミナー室

家族の写真

五人姉妹

小国の風景

老婦人（飛鳥Ⅱ船上）

（エドワード）巧

丸太のテーブル（川井の家で）

ハイデルベルクの川原でお別れパーティー（2000年8月26日）

著者プロフィール
嶋津 章子（しまづ あやこ）
1938（昭和13）年10月5日生まれ
岩手県盛岡市出身、在住
盛岡短期大学被服科卒業
岩手の美術集団エコール・ド・エヌ会員
岩手県民オーケストラ団員

日本基督教団讃美歌委員会著作物使用許諾第5210号
日本音楽著作権協会(出)許諾第2307094-301号

葡萄とすぐり

2023年12月15日　初版第１刷発行

著　者　嶋津 章子
発行者　瓜谷 綱延
発行所　株式会社文芸社
〒160-0022　東京都新宿区新宿1－10－1
電話　03-5369-3060（代表）
03-5369-2299（販売）

印刷所　図書印刷株式会社

ISBN978-4-286-24778-6